KB139297

77편, 그 사랑의 시

황금알 시인선 275

77편, 그 사랑의 시

초판발행일 | 2023년 9월 27일

지은이 | 오세영
펴낸곳 | 도서출판 황금알
펴낸이 | 金永馥
주간 | 김영탁
편집실장 | 조경숙
표지디자인 | 칼라박스
주소 | 03088 서울시 종로구 이화장2길 29-3, 104호(동숭동)
전화 | 02)2275-9171
팩스 | 02)2275-9172
이메일 | tibet21@hanmail.net
홈페이지 | http://goldegg21.com
출판등록 | 2003년 03월 26일(제300-2003-230호)

77편, 그 사랑의 시

오세영 선시집

황금알

우리나라 고유어에는 '아름다움'의 반대말이 없다. '추醜'나 '미움'이라는 말이 있기는 하지만 전자는 한자어漢字語이고 후 자는 '증오憎惡'라는 뜻을 지닌, 사랑의 반대말이지 '아름다움' 의 반대말은 아니다. 왜 그런 것일까.

하르트만의 미학에 의할 것 같으면 '추'도 '미'의 일부라 한 다. 그는 미의 종류를 나누는 도식에 버젓이 '추'를 포함시키 고 있다. 그렇다면 우리 선조들은 이 세상에 '추'는 아예 없다 는 세계관을 가지고 있어서 그랬던 것이 아닐까? 모든 아름 다움은 사랑을 낳는다.

소크라테스는 '사랑'이란 자신에게 결여된 아름다움을 충족 시키고자 하는 어떤 갈망이라 하였다. 누구를 사랑한다는 것 은 그가 아름답기 때문인 것이다.

우리는 누군가를 축복할 때 '잘 살라'고 말한다. 돈을 많이 벌라는 뜻인가. 높은 권세를 누리라는 뜻인가. 아니다. 아름 답게 살라는 뜻이다.

2023년 7월 7일
오세영

차 례

2부

3부

4부

누군가에게

봄이 어떻게 오던가.

실없이 부는 훈풍에 실려 오던가. 아롱아롱 아지랑이 숨결에 묻혀 오던가. 밤새 속살거리는 실비를 타고 오던가. 새벽부터 짖어대는 딱새들의 울음소리로 오던가. 얼음 풀린 갯가의 차오르는 밀물로 오던가. 먼 남쪽 푸른 바닷가에서 온 완행열차의 기적소리로 오던가. 막 도착한 그 열차는 실어온 동백꽃잎들을 축제처럼 역두에 뿌리고 떠나는데……

봄이 어떻게 오던가.

먼 산 방울방울 눈 녹는 소리로 오던가. 바싹 깊은 계곡 얼음장 깨지는 소리로 오던가. 묵은 옷들을 빨래하는 아낙네의 방망이질 소리로 오던가. 살풋 내리는 가랑비에 와르르 무너지는 산사태로 오던가. 가슴에 하이얀 손수건을 단정히 찬 신입 초등학생들의 그 경쾌한 등굣길로 오던가. 거리의 좌판대에 진열된 봄나물의 향기로 오던가.

봄이 어떻게 오던가.

밤새 앓던 몸살이 그친 이 아침, 온몸에 피어오르던 열꽃들로 오던가. 첫 고백을 들은 처녀의 속살거리는 귓

속말로 오던가. 그네의 맑은 눈동자에 어리는 별빛처럼, 노을처럼 오던가. 첫 아이를 가진 어머니의 부풀어 오르는 젖살처럼 오던가. 먼바다를 건너 온 사내들의 푸른 힘줄에서 불끈 솟구치는 혈류로 오던가.

　봄이 온다는 것은

　누군가가 자신의 이름을 불러 준다는 것이다. 이름이 없으므로 아무것도 아닌 것에, 이름이 없으므로 있는 것이 아닌 것에, 이름을 불러 주어 이제 그를 그 아무것이, 그 무엇이 되도록 만들어 준다는 것이다. 꽃이라 불러 주고, 나비라고 불러 준다는 것이다. 처녀라 불러 주고 사내라고 불러 준다는 것이다. 처녀라 불러 주어 처녀가 되는 처녀와 사내라 불러 주어 사내가 되는 그 사내. 봄이 온다는 것은 그 무엇이 된다는 것이다. 새록새록 눈 녹는 소리에 여기저기 언 땅을 밀치고 솟아오르는 새순들.

　봄이 온다는 것은

　누군가가 흔들어 깨워준다는 것이다. 잠들어 아무것도 아닌 것을, 잠들어서 없는 것이나 마찬가지인 것을 누군가가 깨워서 이제 존재하는 것으로, 의미를 갖는

것으로 살아 있게 만들어 준다는 것이다. 아침에 늦잠
든 아이를 어머니가 흔들어 깨우듯 잠든 돌멩이는 흐르
는 물이 깨우고, 잠든 나무는 따뜻한 봄볕이 깨우고, 잠
든 절벽은 산사태가 나서 깨운다. 흔들어 깨워서 마음이
되는 나의 마음, 봄이 온다는 것은 누군가가 흔들어 깨
워 의미를 만들어 준다는 것이다. 바람에 하나씩 눈 뜨
는 나무의 잎새들.

　봄이 온다는 것은

　누군가를 그리워한다는 것이다. 무심해서 아무것도 아
닌 것을, 무심해서 없는 것이나 마찬가지인 것을 그리움
은 누군가를 고귀한 것으로 만들어 준다. 흐르는 물속의
돌멩이는 먼 하늘의 흰 구름을 그리워하고, 갓 피어난
여린 새싹들은 태양을 그리워하고, 무너진 절벽은 감싸
안을 수풀을 그리워한다. 봄이 온다는 것은 누군가를 '당
신'으로 만들어 준다는 것이다. 아른아른 취해 아지랑이
먼 하늘을 황홀하게 우러르는 꽃들의 눈빛.

　봄이 온다는 것은

　아득히 누군가를 사랑한다는 것이다. 그리움만으로는
아무것도 아닌 존재를, 그리움만으로는 그 무엇도 아닌

의미를 이제 내 것으로 만들어 준다는 것이다. 아니 당신의 것으로 만든다는 것이다. 내가 곧 당신이 된다는 것이다. 사랑함으로서 비로소 내가 되는 나. 봄이 온다는 것은 아득히 누군가를 사랑한다는 것이다. 가지에 물오르듯 아아, 초록으로 번지는 이 슬픔.

1부

눈 내리는 아침엔

눈 내리는 아침은 아름다워라.
창밖은
눈이 부신 순은純銀의 정원,
하늘나라 만개한 벚꽃잎들이
일시에 흩날려 쌓임이던가.
길 잃은 별들이 실수로 내려
온 천지 환하게 밝힘이던가.
아득한 전설 속의 공주님처럼
그대
홀연 은하에서 찾아 왔거니,
앳되고도 순결한 그 하얀
웨딩드레스는
신이 당신의 화실에서 펼쳐 드신, 빈
화폭 같구나.
눈 내리는 아침은 신비롭나니
나 이제 이 지상에서
가장 경건하고도 아름다운 그림 한 폭을
그대의 가슴에 담고 싶어라.
하이얗게 눈 덮인 이
아침엔………

그리움에 지치거든

그리움에 지치거든
나의 사람아,
등꽃 푸른 그늘 아래 앉아
한 잔의 차茶를 들자.
들끓는 격정은 자고
지금은
평형을 지키는 불의 물,
청자 다기茶器에 고인 하늘은
구름 한 점 없구나.
누가 사랑을 열병이라 했던가.
들뜬 꽃잎에 내리는 이슬처럼
한 모금,
마른 입술을 적시는 물.
기다림에 지치거든
나의 사람아,
등꽃 푸른 그늘 아래 앉아
한 잔의 차를 들자.

편지

나무가
꽃눈을 틔운다는 것은
누군가를 기다린다는 것이다.

찬란한 봄날 그 뒤안길에서
홀로 서 있던 수국,
그러나 시방 수국은 시나브로
지고 있다.

찢어진 편지지처럼
바람에 날리는 꽃잎,
꽃이 진다는 것은
기다림에 지친 나무가 마지막
연서를 띄운다는 것이다.

이 꽃잎, 우표 대신 봉투에 부쳐 보내면
배달될 수 있을까.
그리운 이여,
봄이 저무는 꽃그늘 아래서

오늘은 이제 나도 당신에게
마지막 편지를 쓴다.

이별의 말

설령 그것이
마지막의 말이 된다 하더라도
기다려 달라는 말은 헤어지자는 말보다
얼마나
아름다운가.
이별은 말로 하는 것이 아니라
눈으로 하는 것이다.
"안녕",
손을 내미는 그의 눈에
어리는 꽃잎,
한때 격정으로 휘몰아치던 나의 사랑은
이제 꽃잎으로 지고 있다.
이별은 봄에도 오는 것,
우리의 슬픈 가을은 아직도 멀다.
기다려 달라고 말해 다오.
설령 그것이
마지막의 말이 된다 하더라도,

통영에서
― 이영 미술관 소장, 전혁림의 「통영 갈매기」를 보고

바람에 꽃들이 피어나고
바람에 꽃들이 진다.

바람에 구름이 모이고
바람에 구름이 흩어진다.

통영은 그 바람의 항구,
꽃과 새와 구름의 기항지.

꽃과 새와 구름의 출항지,
통영에서는
선아,
머리에 석남 꽃 꽂고
수평선 너머 먼
하늘을 날아보자.

운명 같은 것, 사랑 같은 것 꽃잎에 싣고,
이별 같은 것, 만남 같은 것 구름에 싣고.

보석

그것을 불러 보석이라 이름한다.
햇빛에
눈부신 그 반짝거림,
강변 모래 언덕에
사금파리 하나 반쯤 묻혀 있다.
보석이란 가장 소중한 마음을 이르는 것이려니
우리 어린 날
네게 바친 이 순수한 영혼의 징표보다
더 아름답고 고귀한 것이 이 세상 또
어디에 있으랴.
깨진 것은 모두 보석이 된다.
한때 값진 도자기였을지라도,
한때 투박한 사발이었을지라도
그것은 한낱
장에 갇힌 그릇일 뿐.
깨지는 것은
완전한 자유에 이른 까닭에
보석이 된다.
그 봄날의 풀꽃 반지도,

그 강변의 모래성도
지금은 모두 강물에 씻겨갔지만
우리들의 강 언덕엔 눈부신 보석 하나
푸른 하늘을 지키고 있다.
영원처럼……

목련꽃 1

드디어 활짝 피었구나.
나는 어쩌란 말이냐.
나의 사람은 아직도 소식이 없는데
푸른 꽃그늘에 앉아 이 봄날을 나는
어떻게 살란 말이냐.
지난 겨울밤,
등피를 밝혀 쓰던 편지는
끝내
전할 사람이 없고,
두견새는 밤새 저리 울고 봄비는
강물 되어 흐르더니
드디어 활짝 피었구나. 뜰의
백목련 한 쌍.
네가 없는 봄을, 이 푸른 꽃그늘의 대낮을
나는 어떻게 살란 말이냐.
드디어 목련은
활짝 피었는데……

너, 없음으로

너 없으므로
나 있음이 아니어라.

너로 하여 이 세상 밝아오듯,
너로 하여 이 세상 차오르듯

홀로 있음은 이미
있음이 아니어라.

이승의 강변 바람도 많고
풀꽃은 어우러져 피었더라만
흐르는 것 어이 바람과 꽃뿐이랴,

흘러 흘러 남는 것은 그리움,
아, 살아 있음의 이 막막함이여.

홀로 있으므로 이미
있음이 아니어라.

너를 보았다.

너를 보았다.
문밖에서,
닫혀진 우주 밖에서
너를 보았다.
가지 끝에서,
어두운 하늘 끝에서
너를 보았다.
보이는 것은 안개, 눈 내리는 저녁 불빛,
불빛 가득 고인 발자국.
자작나무 숲에 울던 바람은
시방 내 귀밑머리를 날리고
깨진 피리 하나
눈 속에 묻혀 있다.
너를 보았다.
문밖에서,
닫혀진 우주 밖에서
너를 보았다.
하나의 별, 한 마리의 새,
너를 바라보는 절망의 눈.

푸르른 봄날엔

강가에 가면
깨진 시금파리로 남아 있을까.
잃어버린 젊은 날의 은구슬 하나.
꽃잎 하롱하롱 지던
봄날 저녁,
결별의 싸늘한 손등 위에 떨어지던
눈물.
바다에 가면
찾을 수 있을까.
마른 갯벌 위에서 반짝이던 소금기,
파르르 떨던 손가락에
끼워준 금강석.

푸르른 봄날엔
강가로 가자.
그리운 봄날엔
바다로 가자.

그리운 이 그리워

그리운 이 그리워
마음 둘 곳 없는 봄날엔
홀로 어디론가 떠나 버리자.
사람들은
행선지가 확실한 티켓을 들고
부지런히 역구를 빠져나가고
또 들어오고,
이별과 만남의 격정으로
눈물짓는데
방금 도착한 저 열차는
먼 남쪽 푸른 바닷가에서 온
완행.
실어 온 동백꽃잎들을
축제처럼 역두에 뿌리고 떠난다.
나도 과거로 가는 차표를 끊고
저 열차를 타면
어제의 어제를 달려서
잃어버린 사랑을 만날 수 있을까.
그리운 이 그리워

문득 타 보는 완행열차,
그 차창에 어리는 봄날의
우수.

라일락 그늘에 앉아

맑은 날, 네 편지를 들면
아프도록 눈이 부시고
흐린 날,
네 편지를 들면
서럽도록 눈이 어둡다.
아무래도 보이질 않는구나.
네가 보낸 편지의 마지막
한 줄,
무슨 말을 썼을까.

오늘은 햇빛이 푸르른 날,
라일락 그늘에 앉아 네
편지를 읽는다.
흐린 시야엔 바람이 불고
꽃잎은 분분히 흩날리는데
무슨 말을 썼을까.
날리는 꽃잎에 가려 끝내
읽지 못한 마지막 그
한 줄.

너의 목소리

너를 꿈꾼 밤,
인기척 소리에 문득 잠이 깨었다.
문턱에 귀대고 엿들을 땐
거기 아무도 없었는데
베게 고쳐 누우면
지척에서 들리는 발자국 소리.
나뭇가지 스치는 소매 깃 소리.
아아, 네가 왔구나.
산 넘고 물 건너
누런 해 지지 않는 서역西域 땅에서
나즉히 신발을 끌고 와
다정하게 날 부르는 너의 목소리.
오냐, 오냐.
안쓰런 마음은 만 리 길인데
황망히 문을 열고 뛰쳐나가면
밖엔 하염없이 내리는 가랑비 소리,
후두둑,
댓잎 끝에 방울지는
봄비 소리.

태평양엔 비 내리고

너를 보았다.
샌프란시스코에서, 산 호세에서
무심히 인파 속으로 사라지는
너를 보았다.
서울의 공항에서,
하얗게 하얗게 손을 흔드는
네 얼굴은 보이지 않고,
이, 목, 구, 비,
눈썹의 이슬은 보이지 않고
하얗게 하얗게 흔드는 손만이
안개 속으로 흐려지는
태평양엔 비가 내리고……
너를 보았다.
망초꽃 언덕 너머로 사라지는
하얀 나비.

오오, 너의 것이냐.
문득 창밖에 어리는 그림자 하나,
불현듯 토방에 내려서니

빈 뜰엔 가득히 달빛만 차다.
이슬 함초롬히 받고 선
자정의
분꽃.

너를 꿈꾼 밤.

이별 후

마당귀에서
사립문 너머로 보면
너는 하늘대는 댕기로 사라지고,
섬돌 위에서
사립문 너머로 보면
너는 나풀대는 옷고름으로 사라지고,
마루에서 사립문 너머로 보면
너는 팔랑대는 치맛자락으로 사라지고,

온종일 실성한
먼 산 바래기.

앞산엔 목수국 활짝 피는데,
뒷산엔 찔레꽃 곱게 피는데,

사립문 밖에서
밭둑 너머로 보면
너는 아지랑이로 사라지고,
동구 밖에서

언덕 너머로 보면 너는
물안개로 사라지고,
고갯마루에서 하늘 너머로 보면
너는 흰 구름으로 사라지고,

바람의 노래

바람 소리였던가.
돌아보면 길섶의 동자꽃 하나.
물소리였던가.
돌아보면
여울 가 조약돌 하나.
들리는 건 분명 네 목소린데
돌아보면 너는 어디에도 없고
아무 데도 없는 네가 또 아무 데나 있는
가을 산 해질녘은
울고 싶어라.
내 귀에 짚이는 건 네 목소린데
돌아보면 세상은 갈바람 소리.
갈바람에 흩날리는
나뭇잎 소리.

언제인가 한 번은

울지 마라 냇물이여,
언제인가 한 번은 떠나는 것이란다.
울지 마라 바람이여,
언제인가 한 번은 버리는 것이란다.
계곡에 구르는 돌멩이처럼,
마른 가지 흔들리는 나뭇잎처럼
삶이란 이렇듯 꿈꾸는 것.
어차피 한 번은 헤어지는 길인데
슬픔에 지치거든 나의 사람아,
청솔 푸른 그늘 아래 홀로 누워서
소리 없이 흐르는 흰 구름을 보아라.
격정에 지쳐 우는 냇물도
어차피 한 번은 떠나는 것이란다.

이별의 날에

이제는 붙들지 않을란다.
너는 복사꽃처럼 져서
저무는 봄 강물 위에 하염없이 날려도 좋다. 아니면
어느 이별의 날에
네 **뺨**을 타고 흐르던 눈물의 흔적처럼
고운 아지랑이 되어 푸른 하늘을 아른거려도 좋다.
갇혀 있는 영원은 영원이 아니므로
금속 테에 갇힌 보석 또한
진정한 보석이 아닌 것,
아무래도 네 손가락에 끼워준 반지에는
영원이 있을 성싶지 않다.
그러므로
찬란한 금강석의 테두리에 우리
서로 가두지 말자.
이제 붙들지 않을란다.
너는 복사꽃처럼 져서
저무는 봄 강물 위에 하롱하롱 날려도 좋다. 아니면
어느 이별의 날에
네 **뺨**을 적시던 눈물의 흔적처럼

고은 아지랑이 되어 푸른 하늘을 어른거려도
좋다.

첫눈 내리면

바람 불어
여수 앞바다 어디 메쯤에서는 벌써
동백 꽃망울이 맺기 시작했다는데
우리 집 동백은 언제
꽃눈을 틀 것인가.
바람 불어
봉정암鳳頂庵 어디쯤에서는 이미
첫눈이 내렸다는데
우리 집 뜨락엔 언제 첫눈이 내릴 것인가.
지금도 그녀는 그 다가多佳공원 분수대 앞에서 날
하염없이
기다리고 있을 것인가.
첫눈 내릴 때 만나기로 했던 그때 그
아름다웠던 사람.
바람이 불었다.
가로수의 앙상한 가지들이
호르르
풀룻의 고음으로 자지러지는
광화문 앞 광장 밤 정류장에서

홀로 막차를 기다린다.
다시 바람이 불까.
올봄에도 서귀포 어디쯤에서 필 그
유채꽃들을 나는 또
볼 수 있을까.

2부

결별

눈보라 찬데,
살얼음에 맨손 아리는데
그는 어디로 갔을까.
오른쪽, 숲으로 난 길을 걸어서 갔을까.
왼쪽, 들로 난 길로 달려갔을까.
운동화, 구둣발, 털 장화……
눈밭 어지러이 찍힌 갈림길의 그
발자국 발자국들.
지금 세상은 온통
찬 바람 사정없이 몰아치는데
호호 언 손을 입김으로 불며 그는
휘적휘적 홀로 갔을까.
다른 이의 포켓에 손목을 넣고 다정히
함께 체온을 나누며 걷고 있을까.
꽁꽁 얼어붙은 눈밭에서 처연히
밟히고 있다.

버려진 그 장갑 한 짝.

사랑하는 사람아

사랑하는 사람아, 너는
예뻐서 좋겠다.
예쁜 사람은 외로움을 모르거니.
사랑하는 사람아,
너는 예뻐서 좋겠다.
예쁜 사람은 그리움을 모르거니.
사랑하는 사람아 너는 참
예뻐서 좋겠다.
예쁜 사람은 슬픔을 또한 모르거니.

홀로 네 곁을 지키는 그 한 사람을 짐짓
모르고 살아서 너는
정말 좋겠다.

첼로를 위하여

— 낙산사洛山寺 박물관에서 보았다. 몇 년 전 이 지역의 산불로 화
  상 입은 가문비나무가 다시 바이올린으로 환생해 있는 것을……

울다, 울다 바람에 꺾여
흙 속에 묻혀야 했을 것을,
아름답다,
아름답다 하는 말에 속아 그의 품속에 안긴
한겨울의 가문비나무.*
그의 거친 손길에 현이 끊긴 첼로는
지금 차가운 헛간에 버려졌구나.
그러나 이 모두는
당신의 잘못이 아니었다.
차라리 가파른 산비탈의 외로움 지켜
바람에 우는 한 그루 나목裸木으로
그냥 그렇게 서 있어야 했을 것을,
울다, 울다 암벽에 부딪혀
가없이 부서지는 파도처럼,
울다, 울다 찬 바람에 날려 살풋
허공으로 사라지는 갈잎처럼.

* 바이올린이나 첼로는 단풍나무나 가문비나무로 만든다.

봄 하루

행여 소식이 없나,
오늘도 열어보는 문자 메시지.
행여 답장이 없나,
허실 삼아 살펴보는 카카오톡 목록.
어디선가 뻐꾸기는 훌쩍이는데,
어디선가 멧비둘긴 울어 쌌는데
행여 소식이 없나,
영산홍 이우는 꽃그늘 아래서
실없이 열고 닫는 휴대폰 자막.
무심히 해 저무는 그
봄날의 하루.

부탁

언제부터인가 눈물이 마르기 시작하더니 시야가 항상 흐릿하다. 의사는 다른 처방이 없다며 앞으로는 매일 인공루액人工淚液을 주입하라고 한다. 슬픔과 기쁨이 바닥나서 그런 것일까? 헤어지자고 손을 내미는 그녀 앞에서 망연히 하늘만을 바라보는 내 눈, 건조하고 까칠하기만 한 나의 그 멍멍한 두 눈(나는 지금 울고 있단다).

5월에도 드는 가뭄에 뜨락의 모란이 시들어버렸다. 그 꽃대에 물을 주면서 더 이상 수액이 오르지 않아 말라비틀어진 고목 한 그루를 생각한다. 사랑하는 사람아. 이제 마지막으로 한 번만 더, 단 한번만, 그렁그렁 내 눈동자 가득히 넘치는 눈물을 다오.

파경破鏡

아무 충격도 없었는데 거실 벽에 소중히 걸어둔 액자 하나가 갑자기 바닥으로 떨어져 박살이 났다. 순간, 그림 속 한옥 정자 한 채와 하늘을 나는 몇 마리 새와 허수아비처럼 우두커니 그들을 지켜보던 한 노인의 구도가 허망하게 깨져 버린다. 이 인연 다시 되돌릴 수 있을까. 못이란 언제인가 반드시 삭거나 부러지기 마련, 등 돌린 벽에 대못을 박아 걸어둔 것이 잘못이었다. 장욱진張旭鎭*의 정자亭子는 아마 결코 못을 쳐 짓지는 않았을 것이다. 그래서 목탑이든 석탑이든 탑은 다만 서로를 깎고 다듬어 짜 맞춘다 하지 않더냐.

아름다운 사람아. 너를 보내며 나 지금 후회하고 있거니 그간 너를 잃지 않으려고 나는 네 가슴 깊은 곳에 그만 못을 치고 살아왔나 보구나.

* 장욱진(1917~1990) : 화가, 충남 연기 출생. 원두막과 정자를 소재로 많은 그림들을 그렸다.

바람 소리

인간이 만든 소리는 언제나 한 쪽만의 소유, 일방적이다. 종소리는 종이, 북소리는 북이, 기적은 기차가 내는 소리라 한다. 피아노나 바이올린 같은 악기 또한 그렇지 않더냐. 그러나 자연의 소리는 항상 양자 스스로 녹아 만들어진다. 물소리라 하지만 실은 흐르는 물과 계곡이, 바람 소리라 하지만 바람과 나뭇가지가 한데 어울어 내는 소리.

그리운 사람아, 나는 지금까지 너를 한낱 값비싼 첼로로만 생각했구나. 그래서 품에 안고 그 음률, 듣는 것만 좋아했거니. 그러나 너를 떠나보내며 내 비로소 알았노라. 진정으로 아름다운 음악은 홀로가 아니라 서로 마주쳐 내는 소리라는 것을. 이제 너 없는 나는, 바닷가 벼랑에 홀로 앉아 하염없이 바람 소리, 물소리만을 듣고 있단다.

연서

"사랑해"
하지만 시인도 더 이상은
쓸 말이 없구나.
가슴 깊은 곳에 조붓이
문진文鎭으로 눌러 두었어야 했을 그
한 마디.
창문을 열어두었던가.
채 우표도 붙이기 전이었는데 휘이익
한 줄기 바람이 불자
그 편지
팔랑
허공으로 날아가 버린다.

아침마다
마가목 가지 위에서 재잘거리던
그 팔색조 한 마리.

기다림

보고 싶은 그 건너에
그리움이 있다면
그리움의 그 너머엔 또 무엇이 있을까.
온종일 깜깜한 스크린에 갇혀
열리기만 기다리던 티 브이 창(窓),
리모컨을 팽개친 채 당신은 지금
어디로 외출해 버리셨나요?
그 누구의 무슨 꼬드김에 그리 속아 이처럼
채널을 아예 바꾸어버리셨나요?
뒤돌아, 돌아보면 깜깜한 어둠,
셋톱 박스* 안에 갇힌 그
슬픈 기다림.

* STB(Set Top Box) : TV에서 전파를 수신하는데 필요한 기기의 일
  종.

그 한 밤

꾹꾹 눌러 써도 좋아요.
부드럽게 흘려 써도 좋아요.
거친 행간을 건너뛰다 그만
찢어버려도 좋아요.
다만 잉크를 엎질러 알록달록 시커멓게
적시지만 마시기를,
다만 꼬깃꼬깃 구겨 휴지통에 버리지만
마시기를,
홀로 황촉불 환히 밝혀
당신의 탁자 위에 놓인 이 순백의
종이 한 장.
무엇이나 써도 좋아요.
사랑하지 않는다고 써도 좋아요.
다만 그 쓴 원고지 바람에 팔랑
날리지만 마시기를.

보낸 후 1

미워하지 않을게요.
예전에 큰 사랑을 주셨음으로,
원망치도 않을게요.
예전에 많은 기쁨을 주셨으므로,

나 이제 이처럼 홀로 살래요.
당신만 행복하면 되니까,
되는대로 그렇게 그냥 살래요.
당신만 즐거우면 되니까,

꽃 핀다는 소식은 주지 말아요.
잊힌 듯 잊힌 듯 잊고 지내니,
꽃 진다는 소식도 주지 말아요.
어제런 듯 그제런 듯 오늘 보내니,

보낸 후 2

걱정하지 말아요.
내버려 두어도 살 수 있어요.
굳이 내 눈치 보지 말아요.
나 하나도 이상하지 않거든요.

살풋 햇빛 들어 온 세상 꽃피워도,
오싹 서리 내려 온 천지 낙엽 져도
봄, 가을 오지 않는 멍청이 마을
바람을 벗 삼아 지낸답니다.

낮이 없으면 밤도 없듯이
기쁨이 없으므로 슬픔도 없어
나 그냥 그렇게 살고 있어요.
한 세상 그렇게 살 수 있어요.

꽃잎

모든 결핍은 갈망을 낳나니
사랑도 진정 아름다움의 결핍에서
오는 것*,
그러므로 이 세상 그 어느 누구보다도
아름다운 사람아.
그 완벽한 당신의 아름다움이 어찌 누군들
사랑할 수 있으리.
나 홀로 그대를 사랑하면서도
그대의 무심, 원망치 않는 마음은
태양을 사모하다가 지쳐 시드는 저
일개 5월의 장미 꽃잎
같아라.

* 소크라테스는 「향연饗宴」에서 사랑이란 결핍된 아름다움을 완전한 아
  름다움으로 만들고자 하는 갈망이라 하였다.

원시遠視

멀리 있는 것은 아름답다.
무지개나 별이나 벼랑에 피는 꽃이나
멀리 있는 것은
손에 닿을 수 없는 까닭에
아름답다.
사랑하는 사람아,
이별을 서러워하지 마라,
내 나이의 이별이란
헤어지는 일이 아니라 단지
멀어지는 일일 뿐이다.
네가 보낸 마지막 편지를 읽기 위해선
이제
돋보기가 필요한 나이,
늙는다는 것은
사랑하는 사람을 멀리 보낸다는
것이다.
머얼리서 바라다볼 줄을
안다는 것이다.

결별 후

해 뜨니 낮이고 해가 지니
밤이더라.
낮은 환히 밝고 밤은 항상 깜깜하더라.
하늘은 파아랗고, 산은 푸르고, 물은 낮은 곳으로 낮
은 곳으로
흐르고, 사람들은 모두 두 발로 걷고……
회복실에서 살풋 눈을 떠 바라보는 창밖엔
바람이 불자
꽃들이 무연히 흔들리고 있더라.
신기하더라.
의사인 듯 간호사인 듯 누군가가 옆에서
총에 맞고도 이렇듯 살아 의식을 되찾다니
천만다행이라고 속삭이더라.
내가 총에 맞았다니?
누가 왜 내게 총을 쏘았나?
아무 생각이 없더라.
다만
바람이 불면 나뭇잎이 흔들리고,
해가 지면 밤이 오고,

사람들은 모두 두 발로 걷고
새들은 날개로 날고……

그래 생각난다. 꿈꾸기 전에도 그랬었지. 전에 어디선가
많이 본 세상이더라.

푸르른 하늘을 위하여

— 피가 잘 돌아 아무 병도 없으면 가시내야
슬픈 일도 슬픈 일도 있어야겠다. - 서정주

사랑아,
너는 항상 행복해서만은 안 된다.
마른 가지 끝에 하늬바람 불어
푸르게 열린 하늘,
그 하늘을 보기 위해선
조금은 슬픈 일도 있어야 한다.
굽이쳐 흐르는 강,
분분히 지는 낙화
먼 산등성에 외로 서 문득 뒤돌아보는
늙은 사슴의 맑은 눈,
달더냐,
수밀도 고운 살 속 눈먼 한 마리 벌레처럼
붉은 입술을 하고서 사랑아,
아른아른 피던 봄 안개는,
여름내 쩡쩡 울던 먹구름 속의 천둥은
이미 지평선 너머 사라졌는데
하늬바람 불어
푸르게 열리는 그 하늘을 위해선 사랑아,
조금은 조금은 슬픈 일도 있어야 한다.

봄날에

겨울이 가면
봄이 온다는 것,
아무도 가르쳐주지 않았지만
봄이 오면
잎새 피어난다는 것,
아무도 가르쳐주지 않았지만
잎새 피면
그늘을 드리운다는 것,
아무도 가르쳐주지 않았지만

나, 너를 만남으로써
슬픔을 알았노라.
전신에 번지는 이 초록,
눈이 부시게 푸르른 봄날의 그
꽃그늘을,

왜 비켜 가지 않는가

꽃 피는구나.
살구꽃, 복사꽃, 앵두꽃, 치자꽃…….
비껴가지 않고
꽃은 왜 울안까지 들어와서 피는가.
운두령雲頭嶺 너머 자하동紫霞洞 지나 먼 바닷가.
막지 마, 막지 마,
차오르는 보름사리 밀물 때문일까.
검은들 지나 소리재 너머 먼 하늘가,
잡지 마, 잡지 마,
부푸는 영등靈登할미 바람 때문일까.
먼바다 처녀 볼에 분홍물 들고
먼 하늘 사내 심줄 굵어지는데
사립 닫고 벽 바래기 어두운 눈.
먹물 장삼에도 꽃빛 어리어
천지는 온통 깔깔깔 웃음 판인데,
꽃이 피다니
꽃은 왜 비켜 가지 않고 이처럼
울안까지 들어와서 피는가.

5월

어떻게 하라는 말씀입니까.
부신 초록으로 두 눈 머는데
진한 향기로 숨 막히는데
마약처럼
황홀하게 타오르는 육신을 붙들고
나, 어떻게 하라는 말씀입니까.
아아, 살아 있는 것도 죄스러운 이
푸르디푸른 봄날,
그리움에 지친 장미는 끝내
가시를 품었습니다.
먼 하늘가에 서서 당신은
자꾸만 손짓을 하고.

3부

님은 가시고

님은 가시고
꿈은 깨었다.

뿌리치며 뿌리치며 사라진 흰옷,
빈손에 움켜쥔 옷고름 한 짝,
맺힌 인연 풀 길이 없어
보름달 보듬고 밤새 울었다.

열은 내리고
땀에 젖었다.

휘적휘적 사라진 님의 발자국,
강가에 벗어놓은 헌 신발 한 짝,
풀린 인연 맺을 길 없어
초승달 보듬고 밤새 울었다.

베갯머리 놓여진 약탕기 하나,
이승의 봄밤은 열에 끓는데,

님은 가시고,
꿈은 깨이고.

멀리서

함께 있어도
멀리 있음과 다르지 않음이여,

벼랑에 피는 꽃보다는
강 건너 등불이,
강 건너 등불보다는 바다 건너 무지개가,
바다 건너 무지개보다는
저 하늘의 별이 더 아름답나니,

나는 벼랑 끝에서 우는 한 마리 암사슴이 되기보다는
창가에 앉아 별을 우러르는 일개
시인이 되리라.

그러므로 사랑하는 이여,
차라리 멀리 떠나가 있을지니.

가까이 있으면서도 먼 것이
멀리 있으면서도 가까운 것보다 더
먼 까닭이니라.

그대,
멀리 있음과 다름이 없는
가까움이여.

종적

소문은 무성한데
당신은 종적이 없었습니다.
어떤 이는 무교동 술집에서 보았다 하고,
어떤 이는 종로의 극장가에서 보았다 하고,
또 어떤 이는
엘, 에이 공항의 로비에서 보았다 하고……

소문은 무성한데
당신은 아무 데도 없었습니다.
할미새 따라, 할미새 따라 할미새 가는 곳엔
외로운 질경이꽃 하나,

무당새 따라 무당새 따라 무당새 가는 곳에
서러운 가시풀꽃 하나,

쏙독새 따라 쏙독새 따라 쏙독새 가는 곳에
가녀린 파리풀꽃 하나,

그러나

풀 죽어 돌아서는 나의 어깨 위에서
할미새 한 마리가 속삭입니다.
오월 첫새벽 햇살을 머금은
질경이꽃 이슬을 보았습니까,

망연히 돌아서는 나의 등 뒤에서
무당새 한 마리가 속삭입니다.
칠월 첫 소낙비에 함초롬히 젖은
가시풀꽃 잎새를 보았습니까.

열없이 돌아서는 나의 귓가에서
쏙독새 한 마리가 속삭입니다.
구월 첫서리에 자신을 하얗게 말리는
파리풀꽃 대궁을 보았습니까.

텅 빈 나

나는 참 수많은 강을
건넜습니다.
강을 건널 때마다 거기엔 이별이 있었고
이별을 가질 때마다 나는 하나씩
내 소중한 것들을 내주었습니다.
헤엄쳐 건너면서
옷을 벗어주었습니다.
뗏목으로 건너면서
보석들을 주었습니다.
배로 건너면서
마지막 남은 동전조차 주어버렸습니다.

나는 참 수많은 산들을
넘었습니다.
산을 넘을 때마다 거기엔 이별이 있었고
이별을 가질 때마다 나는 하나씩
내 소중한 것들을 건네주었습니다.
벼랑에 매달리면서 슬픔을 주었습니다.
비탈에 오르면서 기쁨을 주었습니다.

고개를 넘으면서는 마침내
당신에 대한 그리움까지도
주어버렸습니다.

나는 참 수많은 산과 강을
넘고 건너왔기에
내겐 이제 아무것도 가진 것이 없고 더불어
당신께 드릴 것이 없습니다.
나는 텅 비어 있으므로
지금의 나는 내가 아닙니다.
아무래도 나는 이제 아무것도 아닌 나를
당신께
드릴 수밖에 없습니다.

이제 당신이
텅 빈 나를 더 반기실 줄
아는 까닭에…………

그 길을 따라

당신은 참 무심도 하군요.
떠나가신 후
어찌 그리 한 통의 편지조차 없으셨나요.
당신을 찾아 한번은 무작정
동쪽으로 나섰습니다.
어느 봄날,
당신의 눈동자 같은 샛별이
반짝반짝 새벽하늘을 비추고 있는 것을
보았기 때문입니다.
그러나 가도 가도 희미한 광망뿐
당신은 어디에도 없었습니다.
한번은 무작정 서쪽으로 나섰습니다.
어느 여름날,
당신의 분홍 손톱 같은 반달이
서으로 가는 것을 보았기 때문입니다.
그러나 가도 가도 망망한 바다뿐
당신은 어디에도 없었습니다.
한번은 무작정 남쪽으로 나섰습니다.
어느 가을날

당신의 하얀 소매 깃으로 나래 치는 철새 떼가
황혼에
남쪽으로 날아가는 것을 보았기 때문입니다.
그러나 가도 가도 쓸쓸한 사막뿐
당신은 어디에도 없었습니다.
한번은 무작정 북으로 나섰습니다.
어느 겨울날,
당신의 고운 입술 같은 꽃잎들이
바람에 날려
북으로 북으로 실려 가는 것을 보았기 때문입니다.
그러나 가도 가도 삭막한 툰드라 뿐
당신은 거기에도 없었습니다.
당신은 참 무심도 하군요.
당신이 계신 곳을
별로도, 꽃으로도 가르쳐주실 수 없다면 차라리
눈물로 가르쳐주세요.
내 눈물이 여울 되어 흘러간다면
한없이, 한없이
그 길을 따라 걷겠습니다.

나를 돌려주세요

이제 그만 나를 놓아주세요.
당신과 눈 맞춤한 죄로 **빼앗아간**
내 시력을 돌려주세요.
예전처럼 나도 한 마리 눈 밝은
다람쥐 되어
눈밭, 개암나무 가지에 매달린 **빨간**
개암을 따서
가엾은 내 새끼들을 기르렵니다.

이제 그만 나를 놓아주세요.
당신과 입맞춤한 죄로 **빼앗아간**
내 언어를 돌려주세요.
예전처럼 나도 한 마리 목청 고운
멧비둘기가 되어
꽃피는 날
사랑을 속삭이고 싶답니다.

이제 그만 나를 놓아주세요.
당신과 **뺨** 맞춤한 죄로 **빼앗아간**

내 청각을 돌려주세요.
예전처럼 나도 이제
귀 밝은 한 마리의 여우가 되어
달빛 밝은 갈밭에서 친구들과 어울려
노래를 부르고 싶답니다.

아아, 이제 그만 처음대로 날 돌려주세요.
나는 이제 한 마리 순하디순한
짐승으로
살고 싶답니다.

역설

남들은 하늘이 맑다는데
내게는 흐리기만 합니다.

남들은 산빛이 푸르다는데
내게는 어둡기만 합니다.

남들은 꽃들이 웃고 있다는데
내게는 울고 있기만 합니다.

당신을 만난 후
나는 어찌 이렇게 되었습니까,
아는 것을 모르는 것이
모르는 것을 아는 것보다 더 어렵다는 것을
나는 이제야 깨닫습니다.

가시려면
화려한 이 봄날에 가시기를……

남들은 '괴롭다', '괴롭다' 하므로

내겐 이별도 아마
행복이 될 것입니다.

봄은 무엇 하러 오는가.

봄은 무엇 하러 오는가.
이 눈 녹으면
떡갈 마른 등걸에도 물기가 돌아
앞다투어 새잎을 피워내겠지.
바위틈에 자라던 제비초롱도
살포시 고개 들어 하늘 보겠지.
물웅덩이 얼어 있던 송사리 떼도
부지런히 햇빛 쪼아 새끼 치겠지.
종달새 지지배배 솟아올라서
서럽도록 옛이야기 쏟아놓겠지.
진달래, 산당화 제철을 맞아
온 산은 까르르 웃음판인데
봄은 무엇 하러 오는가.
이 눈 녹으면
구만리 후미진 길 떠나갈 당신,
봄 강물 얼음 풀려 울어 예듯이
절벽 하나 감싸 안고 울어 예듯이
강물 따라 구만리 가야 할 당신.

푸르른 날에

나는 왜 장미꽃이 못 되어서
슬픈가.
자운영, 민들레, 실망초……
흐드러지게 꽃피는 봄 언덕에,

나는 왜 꾀꼬리가 못 되어서
슬픈가.
참새, 굴뚝새, 개개비……
다투어 노래하는 봄 하늘에,

나는 왜 금강석이 못 되어서
슬픈가.
조약돌, 자갈돌, 은모래……
저마다 반짝이는 봄 강변에,

나는 왜 당신 곁에 있어도 항상
이토록 슬프기만 하는가.
누구나 고은 사람 하나씩 갖는
눈이 부시게 푸르른 이 봄날에,

나는 무엇입니까

나는 무엇입니까.
나는 나를 모르겠습니다.
내가 지하철 전동차의 유리창에
입김으로 당신의 얼굴을 그리고 있을 때
사람들은 나를 천치라 일렀습니다.

내가 비 내리는 서울역 광장에서
당신을 애타게 부르고 있을 때
사람들은 나를
광인이라 일렀습니다.

내가 종로 길바닥에
망연히 당신의 이름을 쓰고 있을 때
사람들은 나를
거지라 일렀습니다.

나는 정녕 무엇입니까,
당신의 입김이 되어
허공중에 흩어지는 한 줄기

바람이라 일러도 좋습니다.

꽃이 꽃이듯,
별이 별이듯
나는 당신의 무엇입니까.

당신의 피리

나는
당신의 피리인지 모릅니다.
당신의 부드러운 손길이 내 육신을
애무할 때마다
이, 목, 구, 비……
다섯 개의 구멍에서
솟아나는 음률,
푸르른 봄날 당신이
강 언덕에 앉아서 피리를 불면
나는 아지랑이 되어
이 세상의 꽃봉오리들을 터뜨리고,
쓸쓸한 가을날 당신이
산언덕에 앉아서 피리를 불면
나는 갈바람이 되어
이 지상의 나뭇잎들을 떨어뜨리고,
나는 꿈꾸는 허공,
텅 빈 구멍,
당신의 피리인지 모릅니다.
아니 당신의
피리랍니다.

문밖에서

당신은
어디에 숨어 계십니까.
당신이 계신 곳을 찾으려고
나는
꽃의 문 앞에서 서성거렸습니다.
당신은 아름답기 때문입니다.

─꽃의 문을 열자 향기가 있었습니다. 향기의 문을 열
자 바람이 있었습니다. 바람의 문을 열자 하늘이 있었습
니다. 하늘의 문을 열자 빛이 있었습니다. 빛의 문을 열
자 무지개가 있었습니다. 무지개의 문을 열자 비가 내렸
습니다. 비의 문을 열자 나무가 있었습니다. 나무의 문
을 열자 다시 꽃이 있었습니다.

당신은 어디에 숨어 계십니까.
나는 항상 당신의
문밖에 서 있습니다.

모든 아름다운 것들은 이렇듯 언제나 문밖에
서 있습니다.

그렇게 끝났습니다

나의 서툰 연기는 그렇게 끝났습니다.
객석엔 불이 켜지고
눈 맞춤할 틈도 주지 않은 채 당신은
자리를 뜨고……

나의 서툰 화장은 그렇게 지워졌습니다.
무대엔 조명이 꺼지고
인사할 겨를도 없이 당신은
떠나 버리고……

땀에 젖은 손으로
바닥에 던져진 동전들을 주우며
나는 망연히
텅 빈 객석을 바라보았습니다.
무대엔 막이 내리고……

이 가을
나의 서툰 연극은 그렇게 끝났습니다.
출구에 버려진 숱한 티켓 발권들같이

밖에는
우수수 갈잎들이 날리고……

참다운 거짓

사실은 거짓이었나요?
나의 눈물로
영롱한 진주를 만들어주시겠다는 그 말씀,
울어서 울어서 이제 내 가슴엔
눈물이 말랐답니다.

사실은 거짓이었나요?
나의 웃음으로
반짝이는 보석을 만들어주시겠다는 그 말씀,
웃어서 웃어서 이제 내 얼굴엔
웃음도 말랐답니다.

나는 지금
바보,
속이 텅 빈 그릇,
스스로 자신을 태워 적막하게
공간을 밝히는 등불.

그러나 이제 나는 알았습니다.

당신의 나라에선 기실
텅 빈 마음이 보석이라는 것을
당신을 맞이하기 위해선
미움도 사랑도 모두
버려야 한다는 것을,

천년의 잠

강변의 저 수많은 돌들 중에서
당신이 집어 지금
손안에 든 돌,
어떤 돌은
화암사禾巖寺 중창 미타전彌陀殿의 셋째 기둥 주춧돌로
놓이기를 바라고,
어떤 돌은
어느 시인의 서재 한 귀퉁이에 나붓이 앉아
시가 씌어지지 않는 밤, 그의 빈 원고지 칸을 지키기
를 바라고,
또 어떤 돌은
어느 순결한 죽음 앞에 서서 만대萬代의 의義를 그의 붉은
가슴에 새기기를 바라지만
아, 나는 다만 당신이
물수제비 뜨듯 또다시 강가에
팽개치지 않기만을……
아무도 깨워주지 않은 천년의 잠은
죽음보다 더 잔인할지니
흙 위에 엎드려 잠들기보다는

급류 속의 일개
징검돌이 되리라.
그러므로 님이여, 장난삼아 던질 양이면 차라리
거친 물살에 던지시라.
그리하여 먼 후일 당신이 다시 찾아오시는 날,
나는 즐겨 내 몸을 당신 앞에 바치리니
당신은 주저 말고 내 등을
밟고
그 강물 건너시기를……

겨울밤

창밖엔 소록소록 하얀 눈이
내리고
방안의 나는 열에 까무러치며
망연히 내 이름을 불러봅니다.
오늘같이 포근하게 추운 날에는
꿩, 비둘기, 토끼, 노루, 다람쥐들도 어디선가
자신들의 보금자리를 틀고 있겠지요.
꿩 가족은 아마 아빠가 따온 빨간
산수유 열매를,
다람쥐 가족은 아마 엄마가 물어온 노오란
도토리 열매를
도란도란 까먹고 있을지 모릅니다.
창밖에는 하얀 눈이 소록소록
내리는데
방안에는 촛불 하나 가물가물
이우는데
땀에 혼곤히 젖은 나는 열에서 막 깨어나
가만히 내 이름을 불러봅니다.
어쩐지 당신의 이름을 불러서는

안 될 것 같기 때문입니다.
꿩, 비둘기, 토끼, 노루, 다람쥐들도 어디선가
자신들의 보금자리를 트는
겨울밤,
창밖에는
소록소록 하얀 눈이 내리고……

6월

바람은 꽃향기의 길이고
꽃향기는 그리움의 길인데
내겐 길이 없습니다.
밤꽃이 저렇게 무시로 향기를 쏟는 날,
나는 숲속에서 그만 길을 잃었습니다.
님의 체취에
정신이 아득해졌기 때문입니다.
강물은 꽃잎의 길이고
꽃잎은 기다림의 길인데
내겐 길이 없습니다.
개구리가 저렇게 푸른 울음 우는 밤.
나는 들녘에서 길을 잃었습니다.
님의 말씀에
그만 정신이 황홀해졌기 때문입니다.
숲은 숲더러 길이라 하고
들은 들더러 길이라는데
눈먼 나는 아아,
어디로 가야 하나요.
녹음도 지치면 타오르는 불길인 것을,

숨 막힐 듯, 숨 막힐 듯 푸른 연기 헤치고
나는 어디로 가야 하나요.
강물은 강물로 흐르는데
바람은 바람으로 흐르는데,

홀로가 아니랍니다

홀로라니요.
울 밑의 작약이
겨우내 언 흙을 밀치고 뾰족이
새움을 틔울 때
거기서 당신의 부드러운 손길을 보았는데요.

홀로라니요.
뒤란의 청포도가
푸른 하늘을 닮아 알알이
익어갈 때
거기서 당신의 눈빛을 보았는데요.

홀로라니요.
뜰의 국화가
노오란 그 꽃잎을 함빡
터뜨릴 때
거기서 당신의 향기로운 숨결을 맡았는데요.

홀로라니요.

홀로 이 풍진 세상을 어떻게 살아갈 수 있겠습니까.
뒤꼍의 소나무가
눈밭에 솔방울 하나를 툭 던질 때
거기서 당신의 말씀을 들었는데요.

하늘이 이렇게 푸르른 날,
내 어찌 당신 없이 홀로
이 세상을 살아갈 수가 있겠습니까.

바위 하나 안고

홀로 어찌 사느냐구요.
바위 하나 안고 삽니다.
집도 절도 아닌, 하늘도 땅도 아닌……
고갯마루 저 푸른 당솔 밑
웅크리고 앉아 있는
바위 하나 안고 삽니다.
바위가 그의 품에 한 그루의 난을 기르듯
말씀 하나 기르고
바위가 그의 가슴에 금을 새기듯
이름 하나 새기고
바위 하나 안고 물소리를 듣습니다.
집도 절도 아닌
미륵도 부처도 아닌……

4부

먼 사람

아른아른 수평선 너머로부터
은빛 파도로 달려와
가지 끝에서
일제히 반짝이는 잎새들.

안고,
쓰러져,
뒹구는
기다린 자와 돌아온 자의 저
격정의 순간을
봄은
잎으로, 꽃으로 터뜨리는데,

동백꽃 피고,
동백꽃 지고
끝내 소식 없는 그대
먼
사람아.

돌비석

아니다. 아니다.
여름 하늘 긋고 가는 빗줄기가 아니다.

아니다. 아니다.
갈산 단풍 짓는 무서리가 아니다.

아니다. 아니다.
겨울 강 울음 죽인 살얼음이 아니다.

이름 하나 품에 안고
먼 산 바래며

소리 없이 금 가는
봄밤의 석비石碑.

발자국

누가 밟고 갔을까,
진흙밭에 찍힌 숲속의 작은 발자국 하나,
지난밤에 내린 빗물로
푸른 하늘이 고여 있다.
수면에
흰 구름 하나 떠 있다.
나비 한 마리 나래 접고
적막하게 자신을 비춰보는
오후,
초가을 단풍이 곱다.

내 가슴에 남겨놓은 당신의
발자국 하나.

먼 후일

먼 항구에 배를 대듯이
나 이제 아무 데서나
쉬어야겠다.
동백꽃 없어도 좋으리.
해당화 없어도 좋으리.
흐린 수평선 너머 아득한 봄 하늘 다시
바라보지 않아도 된다면……
먼 항구에 배를 대듯이
나 이제 아무나와
그리움 풀어야겠다.
갈매기 없어도 좋으리.
동박새 없어도 좋으리.
은빛 가물거리는 파도 너머 지는 노을 다시
바라보지 않아도 된다면……
가까운 포구가 아니라
먼 항구에 배를 대듯이
먼 후일, 먼 하늘에 배를 대듯이.

어이할거나 2

어이할거나.
찌푸린 하늘에선 싸락눈만 내리고,
어이할거나.
마른 나뭇가지에선 까마귀만 울고,
어이할거나.
빈 들엔 스산히 바람만 불고.

언뜻 걷힌 구름 자락 사이로 너를 본 날,

한나절은 산문山門에 기대어
싸락눈을 맞고,
한나절은 바람벽에 기대어
먼 산만을 바래고,
한나절은 또 활활 타오르는 화주火酒로
울음을 태우던
날.

봄밤은 귀가 엷어

봄밤은 귀가 엷어
뒤뜰의 매화 피는 소리가 들린다.
봄 잠은 귀가 여려
그 꽃잎에 이슬방울 맺히는 소리가
들린다.
봄 꿈은 귀가 엷어
바람처럼
이슬을 털고 오는 그녀의
발자국 소리가 들린다.
살포시 별들을 밟고 오는 그
치맛자락 스치는 소리.

아득한 하늘 강 건너 사람.

사막

사막은 저희끼리 산다 하더라.

바람에 쏠려간 꽃잎들이,
바람에 증발한 눈물들이,
바람에 바래버린 내 청춘의 별빛들이……

사막에서는,
이 지상에서는 이미 사라진 것들이
꿈꾸듯 산다 하더라.

돌아서던 네게
마지막으로 건네던 한마디 말이,
바람 앞에 선
운명의 그 슬픈 그림자가
흘러흘러 모여든 사막은
바람들의 고향.

내 죽으면 잃어버린 첫사랑을 찾아
사막으로 가리라.

기우뚱 기우뚱
낙타 등에 희미한 등불 하나 달고,
터벅터벅
낙타 목에 가냘픈 방울 하나 달고,

동백꽃 피는

해풍에 실려 오는 소금기를
그의 눈물의 흔적이라고 믿다가,
파도에 실려 오는 해조음을
그의 한숨이라고 믿다가,
오지 않는 그를 끝끝내
돌아올 사람이라고 믿다가
봄,
여름,
가을 지나 겨울에
한 점, 불꽃으로 사라진 너,

춘희椿姬의 객혈,
선연히 흰 눈밭을 물들인 피.

바다 건너 그는 아직
돌아올 기약이 없는데……

아카시아

아카시아 꽃그늘에는
내 유년의 어머니가 숨어 있어
바람이 불 때마다
포근한 그녀의 체취가 어른거린다.
아카시아 꽃그늘에는
내 어릴 적 죽은 누이가 숨어 있어
바람이 불 때마다
알싸한 그녀의 머리 냄새가 향긋하다.
아카시아 꽃그늘에는 또
내 청춘의 떠나 버린 소녀가 숨어 있어
바람이 불 때마다
황홀한 그녀의 숨결이 간지럽다.
나는 영원한 이들의 술래,
오늘같이 바람 센 날에는
문득 어디선가 그녀들이
뛰쳐나올 것 만 같아
가냘픈 목소리로
문밖
어디선가 아득히 날 부를 것만 같아……

아득히

봄이 온다는 것은
누군가가 이름을 불러 준다는
것이다.
새록새록 눈 녹는 소리에
여기저기 언 땅을 밀치고 솟아나는
새순들.

봄이 온다는 것은
누군가가 흔들어 깨워준다는
것이다.
바람에
하나씩 눈 뜨는 나무의
잎새들,

봄이 온다는 것은
누군가를 그리워한다는
것이다.
아른아른 취해
아지랑이 먼 하늘 황홀하게 우러르는

꽃들의 눈빛.

봄이 온다는 것은
아득히 누군가를 사랑한다는
것이다.
가지에 물오르듯 아아,
초록으로 번지는 이
슬픔.

신기루

머얼리 있어야 다가오는 것,
머얼리 있어야 또렷해지는 것,
머얼리 있어야 아름다운 것,
가도 가도 끝없는 열사熱砂의 지평에서
가슴에 뜨거운 태양을 안고 궁구는 내
사랑.

사랑한다는 것은

사랑한다는 것은
빈집에 등불을 밝히는 일이다.
그 불빛 아래서
내가 너에게, 네가 나에게
나직이 이름을 불러 주는 일이다.
사랑한다는 것은
어제까지도 어둠 속에 갇혀 있던 폐가廢家 직전의
어느 집 현관의 녹슨 문이
채 키를 꽂기도 전
한순간 센서 등燈에 감응하여
환하게
빈방을 밝히는 일이다.
그리하여 이제는
그 불빛 속에서
내가 너의 이름으로, 또 네가
나의 이름으로 부르고,
불리어 진다는 것이다.

정인情人

아침에 일찍 일어 울밑을 거닐자니
싱싱했던 영산홍이 오늘따라 시들하다.
파리한 꽃 입술에는 이슬조차 맺혔다.

만나고 헤어짐은 인사人事만이 아닌 듯
너 역시 어젯밤에 정인을 보았으리.
아마도 이별이 서러워서 눈물졌나 보구나.

소식

비 오고, 날 개이고, 맑다가 안개 낀다.
주고 간 네 약속을 아니 믿지 않는다만
도화꽃 분분히 지니 불안쿠나. 어쩐지

네 소식 궁금하여 먼 산을 바라보니
심술궂은 안개비가 아득히 가렸구나.
꾀꼬리 울음소리로 네 안부를 듣는다.

또 하루

담 너머 우체부가 편지 한 통 던지는 듯
그대의 소식인가 버선발로 나가보니
마당에 오동잎 하나 스산하게 딩군다.

잠 못 든 여린 귀에 전화벨이 들리는 듯
그대의 목소린가 황망히 든 수화기
뒤뜰의 여치 한 마리가 처량하게 울어댄다.

이별

떠난다는 네 말 듣고 공연히 서성댄다.
난분蘭盆에 물을 주고 밀쳐둔 책 펼쳐 들고
울밑의 시든 작약처럼 온 하루를 보낸다.

너 없는 빈자리에 마음 하도 심란하여
눈 들어 먼 하늘의 흰 구름을 바라보니
늦가을 성긴 빗방울만 유리창을 때린다.

춘설

"헤어지자", 내민 손을 차마 잡지 못하고서
고개 돌려 흐린 하늘 글썽이며 바라보니,
춘설이 난분분하여 낙화인 듯싶구나.

등燈

외로우면 등을 켜고 너에게 편지 쓴다.
흔들리는 불빛 새로 아련히 벙그는 꽃
석류 홍보석紅寶石 같은 네 얼굴을 그린다.

너를 찾는다

바람이라 이름한다.
이미 사라지고 없는 것들,
무엇이라 호명해도 다시는 대답하지 않을 것들을 향해
이제 바람이라 불러본다.
바람이여,
내 귀를 멀게 했던 그 가녀린 음성,
격정의 회오리로 몰아 쳐와 내 가슴을 울게 했던 그
젖은 목소리는 지금 어디 있는가.
때로는 산들바람에, 때로는 돌개바람에, 아니
때로는 거친 폭풍에 실려
아득히 먼 지평선을 타고 넘던 너의 적막한 뒷모습 그
리고
애잔한 범종 소리, 낙엽 소리, 내 귀를 난타하던 피아
노 건반
그 광상곡의 긴 여운.
어느 먼 변경 척박한 들녘에 뿌리내려
민들레, 쑥부쟁이, 개망초 아니면 씀바귀 꽃으로 피어
났는가.
말해 다오.

강물이라 이름한다.

이미 잊혀진 것들,

그래서 무엇이라 아예 호명조차 할 수 없는 것들을 향해

이제 강물이라 불러본다.

강물이여,

한때 내 눈을 멀게 했던 네 뜨거운 시선,

열망의 타오르는 불꽃으로 내 육신을 황홀하게 달구던 그 눈빛은

지금 어디에 있는가.

때로는 여울에, 때로는 급류에, 아니 때로는

도도히 밀려가는 홍수에 실려

아득히 수평선을 가물가물 넘어가던 너의

쓸쓸한 이마. 그리고

어디선가 꽃잎이 지는 소리, 파도 소리, 철썩이는 잔물결의 여운.

어느 먼 외방의 썰렁한 갯벌에 떠밀려

뭍을 향해 언제나 귀를 쫑긋 열고 살아야만 하는가.

해파리, 민조개, 백합 아니

온종일 휘파람으로 울다 지친 소라.

말해 다오.

구름이라 이름한다.

이미 돌이킬 수 없는 것들,

무엇이라 호명해도 다시 이룰 수 없는 형상들을 향해
나는

이제 구름이라 불러본다.

구름이여,

한때 내 맑은 영혼의 하늘에 푸른 그늘을 드리우던

오색 빛 채운

그 빛나던 무지개는 지금 어디 있는가.

때로는 별빛에 실려, 달빛, 아니 어스름한 어느 저녁
답,

스러지는 한 조각 노을에 실려

아득히 먼 허공으로 희부옇게 사라지던 너의 그

두 빈 어깨 그리고

어디선가 내리치는 마른번개, 스산하게 흔들리는 나뭇
잎 소리

잔기침 소리

어느 먼 이역의 하늘로 불려가
흩뿌리는 싸락눈, 진눈깨비 아니
동토에 떨어져 나뒹구는 우박이 되었는가.
말해 다오.
너를 찾는다. 바람이라는 이름으로
강물이라는, 구름이라는 이름으로
너를 부른다.
해 저무는 가을 저녁
찰랑대는 강가의 시든 풀밭에 홀로
망연히 앉아⋯⋯

황금알 시인선